風となりて

小林登紀歌集

目次

師の声　九
紅花の里　一三
朗読ボランティア　一七
ジャカランダの花　二〇
子の結婚　二四
父の酒　二七
居場所なき子　三〇
奥只見　三三
空襲警報　三六
大雪像　三八
大学の友　四〇
ベナレス　四三
尊厳死宣言書　四七

七三一部隊　五〇
十三夜の月　五四
累世家籍簿　五八
初孫　六三
オーロラ　六六
砂時計　七〇
DAISY図書　七四
再びのベルリン　七八
戦死の兄　八一
黄ばみし手紙　八四
緩和病棟　八七
五体投地　九〇
一九六〇年六月十五日　九四

沖縄愛楽園　九八
骨拾い　一〇一
母の形見　一〇四
無人駅　一〇六
雪の壁　一〇八
沖縄に返せ　一一一
初任校　一一四
語り部バス　一一六
ふるさと村上　一二〇
再会　一二三
救急車　一二五
中秋の名月　一二八
明治が終わる　一三一

夫の死　一三三
遺影　一三七
新盆　一四〇
遺作展　一四二
声なき夜　一四五
風となりて　一四八
圧迫骨折　一五一
アルバム処分　一五四
三回忌　一五六

あとがき　一五九

風となりて

師の声

師の声に導かれ来し国会図書館　療養歌集『試歩路』たずねて

テロの警戒厳しき中に道問えば若き警官の眼差やさし

五十年経て手に触るる療養歌集心をこめて師の編まれたる

懐かしき「樹木」会員の幾人か病む日の歌の『試歩路』にありぬ

病む人に冷たき社会を憤る師の声聞こゆ若き師の声

ハンセン病患う人の歌多し心かたむけ師の導かれたる

偏見の多かりし世に足しげく師の訪われしここ多磨全生園

師の歌の心にありて慎みて歩む全生園の緑ふかきを

玄界灘の揺れに耐えつついにしえの遣新羅使の苦難を思いぬ

師の遺せる壱岐の歌の胸にありて心おどりてこの地に立てり

師の詠みし歌そのままに宅守《やかもり》の小さき墓あり千年を経て

紅花《べにばな》の里

古き雛公開さるるに惹かれ来ぬ最上河北《かほく》町紅花の里

紅をひさぎ京より求めし享保雛あまた残さる最上の盆地に

紅花より生まるる色のみやびなる朱華《はねず》・退紅《あらぞめ》・唐紅《からくれない》と

黄染三度紅染八度くりかえし濃紅《こきくれない》のいろ生まるると

紅花によりて栄えし旧き家の花嫁衣裳の濃きべにの色

値の高き紅にしあれば花摘める農のむすめらの彩りかなわず

わが生れし家にも残る享保雛親しくめぐるこの雛の里

ひな供養に供えられたる雛の顔向きそれぞれになまなましく見ゆ

戦火なきこの国にありてつくづくと見入る雛の面の穏しき

ゲットーに追い立てらるる映像の幼子ひしと人形抱けり

銃声の止まざる国の女《おみな》らに心なぐさむ人形ありや

朗読ボランティア

病床に待たるるテープ『真田氏史料集』三十時間かけて録音終えぬ

朗読奉仕の古文書読みゆく夜ふかくわれも戦国に息づくひとり

送りたるメールを音で聞きとりて盲いし人より返信届く

幼子の足に鈴つけ育てしとう視力もたざる人に聞き入る

おぼつかなく白き杖もつ青年を見守りゆきぬ階くだるまで

朗読奉仕に長く励みし君なるに声失いて筆談なせる

ふくよかに笑まう写真に弔辞よむわれとわが声励ましゆきて

溢れくる感謝の思いを弔辞にて述ぶる日あるを思いみざりし

引き継ぎし古きテープに若き日の君の明るき声の残れる

ジャカランダの花

ボランティアに努むる友を訪ねゆくリオデジャネイロはろばろ遠し

九月なれば警戒きびしきロス空港乗り継ぎ待つ間にすでに疲るる

成功者はわずかと聞きいし日系移民のゆたかな人らの歓迎を受く

道拓き井戸も自ら掘りたると案内されゆく広き農場

日本人移民の慰霊碑守る人ありて播きてみよとコーヒー豆くれぬ

貧しきは帰国かなわず望郷の思いいだきて老い来し人ら

六十年待ちしを思えば故国への一昼夜の旅の苦にはならずと

三部制の学校の狭きベランダにボトル蹴りあうリオの子どもら

持ちゆきしブンブンゴマを教えいる友は現職の顔になりいて

遠く来てジャカランダの花に真向かえり雨のあがりて紫色冴ゆ

子の結婚

おとめごを初めて伴いきたる子のややに恥じらう顔を見せおり

己が姓の変わるを厭わずと息子の言えり結婚の意志固めゆくらし

いうなれば婿入りという子の立場淡々と告ぐるを黙し聞きおり

並べゆきし沖縄の貝庭に白し結婚する子の家を去りたり

婿となりて子の住む家を遠くより見て通り過ぐ見知らぬ町に

子の婚を終えきて一気に長き手紙書きてようやく心定まる

ハネムーンより贈りくれたる初めての母の日の花写真に残しぬ

会うことの稀となりたる子と約せし時を待ちいて観覧車に乗る

父の酒

母の余命ひとり知りいて枕辺に酔いていたりし父を想うも

父の酒に苦しみし母の病床になおも酔いくるを憎みておりき

癒えぬとは知らざるままに看取りつつ千羽鶴折りし二十歳《はたち》のわれは

後添えに来し母なれば厨辺にひとり泣けるを幾度か見き

形見分けを二十歳《はたち》のわれに指図して逝きたり母は五十歳にて

母を焼く夜の闇さびし陰亡《おんぼう》と呼ばるる人の火葬場におりて

若き日に戒名享けいし母なりき死に急ぎしよ〈釈尼妙言〉

ただ一枚形見に貰いし母の着物着ぬままはるか享年を過ぐ

居場所なき子

教室に居場所なき子を探しゆく廊下に散れるさくらの花びら

授業する合間を組みて校舎裏を見廻りゆきぬ業務《しごと》となして

異状なきを祈りて巡る校舎裏たばこの吸殻拾うは常にて

給食の見張りというも務めにて表情《かお》かたく立つ荒るる学校に

給食をいずこへ運ばせゆきたるかあわれ教室に居場所なき子は

居場所なき一人の出番つくらんと脚本書き替えし文化祭の子ら

心を病む教師の増え来し報道に胸痛みくる退きたるわれも

教科書の検定許さぬ家永訴訟熱く傍聴せりわが若き日に

満員の通勤電車にあるときは咳《しわぶき》ひとつあらぬ静寂

奥只見

奥只見のダムの犠牲者千人を越ゆと聞きいる湖面静けし

枝折峠を越えて銀を運びたる銀山平を沈めしみずうみ

銀山平の銀を運びし峠みち骨投沢の地名残れり

もぎゆける茄子のへたにつきささる鋭さのなし秋深まりて

自死したる教え子悼みアルバムを繰れば十五歳《じゅうご》の顔の稚き

いかならん苦しみありてか妻と子を残し自死せる二十八歳

二十八にて命断ちたる教え子の遺児はいまだ言葉を知らず

空襲警報

空襲警報のサイレン鳴りて下校する駆けに駆けゆく道遠かりき

目の前でアルミの弁当箱つぶされて供出したる記憶の苦し

柳行李に眠る弟もリヤカーに積みて潮水汲みにゆきたり

闇の中を「空襲警報発令」と触れゆく母の別人のごとし

疎開者の宿舎となりし料亭に黙して父は賄いつくれり

大雪像

ギネスに載るを地元の誇る大雪像いくさなき国の軍隊作りし

零下十度の氷瀑まつりの会場に花火見ており戦火に遠く

三月《みつき》かけて造りし氷の鍾乳洞蒼き照明につらら輝く

馴らされて連なり歩むペンギンら朝の散歩といえるもかなし

水槽を自在に泳ぐアザラシを狭き部屋にてわれら見ており

大学の友

キャンパスに縁《ゆかり》得てより五十年ともにモンゴルの銀河を仰ぐ

貧しかりし学生時代を語るさえ互みに楽し共に旅して

アルバイトの斡旋もとめ早朝より並びて待ちし学徒援護会

電車賃にもこと欠く夜を寮までの四十分を歩き帰りぬ

家庭教師の謝礼包まず渡されし苦き思いの今に残れり

ひたむきなマルキストたりしが半世紀経てキリスト教の伝道者なる

五十年はたちまちに消ゆキャンパスの声響きあう古稀のクラス会

集えるはみな若々し病みおりて会えぬ幾人に思いはゆきぬ

ベナレス

朝まだきベナレスの街ガンジスに向かい滔滔と人群れ流る

ガンジスの河岸近き暗がりに銭を求むるあまたの手あり

ガンジスの日の出を舟に待ちており聖地ベナレスに観光者として

ガンジスに沐浴しつつ祈れるを舟に見ており〈風景〉のごとく

客乗せてアンベール城へと往き来する象は憂うるごとき眼をせり

客乗せる乗場に着くや突然に象は放てり尿《ゆまり》の噴射

三時間遅れて深夜に着きし駅暗きホームにうごめく人あり

信号で車止まればすかさずに銭を求めて寄りくる老婆

行きあうは牛より駱駝の多くなり砂漠地帯に入るを知りたり

牛も人も横切り渡る高速道路この現実にはやも慣れゆく

ガンジー廟に集う人らの眼鋭しブッシュ来印反対示して

尊厳死宣言書《リビングウィル》

ひとり住む子とひさびさに食事して「尊厳死宣言書」手渡し別る

自らの葬いを夫と語らうにまたも結論は出ずに終りぬ

献体の冷凍庫にいっぱいと聞きてわが意志萎えてきたりぬ

思いがけぬ角度に写真撮られいて背の丸くなりし己と向き合う

きさらぎの光あふるる朝鏡隠したきものをありあり映す

千六本刻む包丁の切れ味よしいつしか夫の砥ぎてくれたる

耳遠くなり来し夫とささいなる齟齬の生れきて時に波立つ

ま昼間を泳ぐプールに天窓より射す三月のひかりまばゆし

七三一部隊

長春の秋空のもと江沢民の大いなる文字「勿忘九・一八」

「九・一八」七十五周年とは知らず来て胸に応うる満州の旅

楡の葉を風さわやかに吹く原に「七三一部隊」骸《むくろ》をさらす

爆破して敗走したる残骸の今になまなまし七三一部隊

ボイラー室の煙突二本秋空にそびえ立ちおり忘るる勿れと

人体実験に殺されし「丸太」三千人氏名判りしは三百のみと

「丸太」と呼びし三千人を運び来し引込線あり秋陽に輝りて

生体解剖再現さるる場のありて心重く巡る罪証陳列館

おぞましき殺戮の場が校舎として使われしと聞くなお耐えがたし

筆談によるささやかな日中友好長春までの列車の旅に

広大な野に映る夕日を車窓に見て歓声あげる日本人われらは

美しき夕映えスモッグに隠されて工場地帯に入るを知りたり

十三夜の月

夫に代わり末尾に従きゆくパトロール十三夜の月冴え冴えとして

十三夜の月従えて夜回りの拍子木の音冴えわたりゆく

耳遠くなり来し夫が旅に出ると体調よしとはればれ帰る

シリアより夫の帰りて十日ぶりに向きあう食卓里芋うまし

巣立ちたる子らの空き部屋夫とわれの個室となりてそれぞれ籠る

われ知らぬわれの顔ありコーラスの舞台写真に大きな口あく

うっかりが多くなりしと書きし賀状さかさまに印刷してしまいたり

千メートル泳ぎ身軽く帰り来ぬ寒の夕焼けシルエット濃き

ミュールの音響かせ若きが階下る危うきは足元のみにあらず

ネットカフェに「住む」十代は身を濯ぐ術のなければ香水に頼ると

累世家籍簿

筆墨の勢いもてる祖父の文字江戸期に始まる累世家籍簿

祖父の手になりし家籍簿繙きぬ元文に始まる生家の歴史

父の代まで認められいし襲名か「能登新」継ぎし八代目新助

先祖《とおつおや》は能登より来しか探れども判らぬままの能登屋新助

わが実家《さと》の料亭を継ぐ十一代目修業終えしがテレビに映る

借金の嵩みてゆけば骨肉の争いも見きわが少女期に

目張りせし窓に吹雪ける音聞きて学びし頃よ自立して生くと

ダム工事始まりて商い活気づくいかばかり接待の金動きしや

死の床に臥しいる父に先立ちて一夜病みいて兄の逝きけり

兄と父とあいつぎ逝きし喪の夏の門辺に咲きいし百日紅の花

兄と父のみ魂送りしかの夏の真闇のなかの蛍の記憶

手の中の蛍の点滅早まりて鼓動のごときを見つつ愛しき

一夜病みて逝きたる兄に生くる日のごとく届きし税の督促状

父逝きし齢を越えてくろぐろと髪多かりしなきがら思いぬ

生うけし地に過ごししは十八年遥かに長くこの町に住む

初孫

七日目のいのちを腕に抱きとれば温き頭のずしりと重し

ＤＮＡたしかに受け継ぐみどりごのわが腕の中に欠伸をなせり

帰りきて子の誕生の写真見る子の娘と初めて対面せし日に

初孫に押絵羽子板選びおり住み慣れし町の誇る特産

抱かれて強く膝蹴る八ヵ月児立たんとする意志ありあり見せて

病もつ姉と来て見る佐渡の海カンゾウの花群れ咲く丘に

たらい舟つたなく漕ぐを撮られいて生日の記念と姉の喜ぶ

相川の海辺の風におけさ踊る男らの手のしなやかに反る

夏祭りの夜店に買いし海ほおずき磯の香りの今に顕ちくる

オーロラ

すでにしてうす闇のなかの午後三時樹氷静けきアラスカの町

着膨れてオーロラを待つ夜ふかく北斗七星間近に仰ぐ

うす雲と見えしが激しく動くさまオーロラとみれば歓声いでぬ

カメラには緑鮮やかなオーロラの眼にはうす雲の漂うごとし

照り映える樹氷美し新年を極北の地の露天湯におり

逆立てし髪凍らせて若きらのはしゃぐ野の風呂極寒の地に

マッシャーの低き一声に橇を曳く犬らはすぐに速度おとせり

仕事終えしハスキー犬ら餌缶を持つ人見ればいっせいに吠ゆ

吐く息が眼鏡に凍るアラスカの零下二十度のかんじきツアー

砂時計

砂時計の砂落ちゆくをみつめおり現在《いま》が消えゆくこの確かさを

住む人なく荒れたる家に夏柑のあまた落ちいて雨に濡れおり

押入れに昨日の暑さそのままの三十六度が居座りており

「がんばれば光があたる」は成功せし人の言葉ぞ五輪の勝者も

ビデオ店を宿泊所として焼死せし幾人の身元容易に判らず

「山が動いた」誇りて言いし土井たか子引退の記事は紙面に小さし

搾取の語すでに死にたる現代に共感ありてか『蟹工船』読まる

孤族なる新語生まれしこの国のさむざむとして歳末近し

職なくて三十九歳が餓死といういたましき記事さびしき国よ

「うまかった」寡黙な夫がぽつり言う長く煮込みし鰤大根に

教え子よりはや還暦と賀状来ぬガリ版の文集いまだ捨て得ず

壁に向きみな黙々とむすび食う駅構内の小さき空間

仰向けに寝ては使えぬボールペンこの当然を病みて気づきぬ

DAISY《デイージー》図書

医学用語読みなずみつつ見えぬ人にパソコンで作るDAISY《ディージー》図書

見えぬ人の依頼にあれば暑きなか医学専門書の録音に集う

視力なき人に読みやる本一冊メモリーカードの小さきに収まる

カードに録《と》りし声をパソコンで編集す歳重ねても学ぶは多し

障がい者と表記変えしがわが町の福祉政策何も変らず

個人情報またもパソコンに打ち込むか自問自答を繰り返しつつ

昨晩にネットで買いし一冊が今日はや届く送料無料で

パソコンで姪の描きしわれと夫の柔和な似顔絵メールで届く

日毎触るるパソコン便利に使いいいて溺るるなかれと裡なる声は

再びのベルリン

東より逃れ来しとう父をもつガイドと巡る一つのベルリン

近寄るを許さぬ長き灰色の壁をかつてのベルリンに見き

車窓に見し東ベルリン街中に物資少なく活気なかりき

障害なくいま巡りゆくベルリンのいずこも若きら群れて明るし

記念碑にと残されし壁鮮やかな色彩もちて描かれ立てり

ベルリンの壁崩壊の歓喜思う記念碑とされて残りし壁に

東ベルリンにかつて見たりし灰色の壁崩壊の日あるは思わず

統一より十九年経し東側いまなお残る無残な廃屋

戦死の兄

昭和二年卯年生まれの兄卯助志願兵とし十八歳《じゅうはち》で果つ

十七歳《じゅうしち》で志願し遺骨の還らざる兄よ九条あらざりし世に

一片の遺骨さえなき戦死者を英霊として並び迎えし

戦死公報一片のみの骨箱を抱きて父よいかなる思いに

十八歳で戦死の兄の弔慰金存えきたるきょうだいの受く

癌を病む姉が受け継ぐ弔慰金戦死の兄は今も十八歳

亡き兄の「予科練の歌」それのみが鮮明なりき幼き記憶に

9・11に命絶たれし企業戦士の多くもまた遺骨還らず

黄ばみし手紙

亡き父母の黄ばみし手紙の幾通が文箱の底に眠りておりぬ

截《き》りしノートに拙き文字の母の手紙苦学のわれを支えくれたり

苦学生われに届きし母の荷に到来物の菓子も添えらる

古き日記に挟まれおりし父の葉書「殿」に始まり筆勢勁し

引出しの奥より出で来し亡父の手帳新婚われへの土産のメモあり

亡き人の懐かしき文読み終えてまた捨てられず文箱に収む

孤食とう淋しきことば夫病める十日あまりをかみしめ過ごす

空色から淡き朱色のグラデーション二月の夕暮れ眉月添いて

緩和病棟

癌転移脳におよびて認知症きざせる姉に一夜添い寝す

ドライシャンプーに髪洗いやりて帰り来ぬ我のなし得し最後の介護

緩和病棟のおぼろとなりし枕辺にフィギュアスケート華やかに舞う

応えなき身となりたれど手を握り足揉みやりて別れきたりぬ

緩和病棟に雛飾られてひな祭りあれどベッドに眼ひらかず

現し身の触るれば陶器の冷たさよ微笑むことなき姉のかんばせ

物体の冷たさになりて静もれる傍《かたえ》にわれの息づき眠る

これの世の最後の湯浴みの髪洗うかくも冷たし死者となりしは

お揃いの服着せられて年子なる姉と双子のごとく育ちし

五体投地

ダライ・ラマ亡命の時刻そのままに時計止まれり夏の離宮に

漢民族席巻のさまざまざと新車あふるるラサの町に

ポタラ宮の前を埋め立て広大な広場とせしはチベット人にあらず

漢民族のガイドは語る事もなげに北京語できねば下積みのままと

観光のために残されし寺めぐる迫害の歴史は語らるるなく

観光地となりし巡礼路を五体投地で進みゆくあり声なくみつむ

ひたすらに五体投地で祈る母のそばに無心に遊ぶ幼子

鳥葬の山の頂遠く見ゆ貧しき人らが遺体刻むと

四千メートルの高きに建てるレストラン湖《うみ》の魚の干され揺れおり

酸素ボンベ頼りに登りし黄龍の五彩池のいろ神々しきまで

一九六〇年六月十五日

樺美智子の五十回忌を告ぐる記事「声なき声の会」雨に集うと

安保反対のデモに斃れし二十二歳われもその日の学生の一人

遠き日の日記開けば克明に記されし六〇年六月十五日

夜の更けに炊出しのむすび届けたり抗議しやまぬ学友らのため

連日のクラス討論学習会抗議のストも肯いゆけり

六・一五を告ぐるマスコミの偏向を憤り記すわれの日記は

新安保自然成立となりし日の抗議デモは夜を徹して

参院の承認なきまま成立せし安保揺るがず五十年目の今日

色あせしガリ版の文集今に持つ「安保闘争に学んだこと」

皇太子妃の名と共に濃く刻まれしわが若き日の樺美智子

沖縄愛楽園

見えぬ目をしきりに拭きつつ会い得たる喜び全身に里山るつさん

類いなく海美しき屋我地島見るは叶わずここに六十年

愛楽園に師の詠まれたる歌六首耳に口寄せわが読みやりぬ

孫のごとく寄り添い「丹青」全ページ読みくるるとう介護士さんは

車椅子に海辺の風を喜びて語りつきざれど別れとなりぬ

鉄条網張られし砂浜これよりはキャンプ・シュワブ奪われし土地

鉄条網に結ばれし布の抗議の文字色とりどりに声放ちおり

青く澄む辺野古の海を守らんと座り込み今日は二四一九日目

昼も夜も座り込み続けるテント村顔穏やかに老人もおり

骨《こつ》拾い

継ぐ者の絶えし墓なれ供養塔に改葬せんと骨拾いゆく

墓石を除きて白日に曝されし幾代の骨なに叫びいん

うずたかく積りし四代の骨拾う古きはすでに土に還れる

永代の供養を終えて肩の荷を下ろしし夫か安けく眠る

継ぐ者の絶えし生家より代々の位牌を夫は背負いて帰る

骨拾いさるることなき被災地の万のたましい何辺さまよう

母の形見

五十年蔵《しま》いしままの母の形見　御召し縮緬スーツに仕上がる

催花雨とうゆかしき言葉思い出づ花桃一輪咲きたる朝

隣家より聞こゆるピアノ連休の初日の風にかるがる乗りて

外出にルビーレッドの服着れば活気づきゆくわが細胞が

冷凍庫にわが取り置けるおはぎひとつ一人の昼の楽しみとして

無人駅

五十年ぶりなる従兄に見送らる無人駅に送るも一人

夏休みに泳ぎし海はマリーナと変わりていたり原発近く

原発もマリーナもなかりし夏の海サザエを捕りて焼きてくれたり

原発で栄えるはずの柏崎訪ねきたればさびしき町に

補助金で誘致せしめてつづまりは町の活力うばい去りたり

「あと十年元気でいたらまた会おう」　八十歳に活力もらう

雪の壁

七十年過ごせる広き療養所車椅子にて案内しくれぬ

慰霊碑に並びて水子の供養碑ありあまたの命の奪われたるよ

子を持つを絶たれし手術の哀しみを詠みし歌あり歌集『天河』に

訪いゆきしわれらと囲む夕食に語りやまざり若き日のこと

雪の壁の峠を越えて下りゆくにいつしか芽ぶきの色の深まる

雪の壁より水平に枝の見えておりきびしき冬を耐えし姿に

雪残る奥入瀬渓流橅の木の根開きの土あたらしく見ゆ

タラの芽とウルイにコゴミ、バッケ味噌みちのく土産は春の香に満つ

沖縄に返せ

復帰より四十周年今に歌う「沖縄を返せ」は「沖縄に返せ」と

「祝賀式典」よそに開かれし抗議集会本土メディアはまたも無視せり

おじぃおばぁの証言信ずと沖縄の抗議集会に若きらの声

膨大な税注がるる除染作業に暴力団が利益むさぼる

目標値定めぬ除染は形のみ進められおり税つぎこみて

除染とは移染にすぎず処分地の決まらぬままに税費やさる

被曝隠し原発で働く労働者秘匿され来し事実ここにも

初任校

高速道路のために消えたる「バタヤ部落」わが初任校の消えざる記憶に

不安もち初めてゆきし家庭訪問迷路のごとき「バタヤ部落」を

すでに死語となりたる「バタヤ」初任校の予期せぬ出会いは鮮烈なりき

さまざまに抗う生徒に涙流しし初任校訪う五十年経て

おのずから心よろいて教室の戸を開けしあり今にさびしむ

チマチョゴリ誇りて着しと投稿歌教え子の詠みしが本名で載る

泣くほどに悔しきこともなくなりて歳重ねおり職退きてのち

語り部バス

被災地の「語り部バス」より降り立てば骸《むくろ》となりし防災庁舎

役場職員二十名死にし防災庁舎鉄骨のみが足を踏んばる

復旧せしは道路のみなる津波跡「語り部バス」に声なく巡る

屋上に救助求めいし志津川病院ベランダに船乗りたるままに

代行バスを降りし南三陸町家並み消えうせバス停一つ

レンタサイクルのペダル軽きに気仙沼は行けども行けども津波の爪痕

ぐにゃぐにゃになりたる車オートバイ錆びて積まるる明るき日射しに

遺りいてがらんどうなる観光会館汽船乗り場に風のみ吹きて

かくまでに穏しく暮るる志津川湾養殖筏のブイを浮かべて

ふるさと村上

城下町の風情残れど故郷は帰省のたびに空き家ふえおり

閉店の目につくふるさとに覚えありし古き看板の畳屋のこる

幼き日なじみし家の住む人なく武家屋敷として保存されおり

町おこしに懸命なれどふるさとに買物難民の嘆きも聞けり

雅子妃の父祖の地なるを誇りいて皇女誕生を祝いしふるさと

出店減り賑わい乏しき朝市に湯気たつ蒸気パン今に売らるる

軒先に塩引鮭の吊るされてふるさと村上は冬に真向かう

再会

三十五年経て集いたるかの生徒ら昨日のごとくニックネームで

壮年となりて再会したる顔うつを病みしと言えるもありて

外交官とし長く異国に住む一人地理が得意と記憶に残る

ガリ版の学級通信「青空」に四十一名みな登場す

われ死なば紙屑となるガリ版の学級通信うずたかくあり

動作鈍き一人おりしが苛めなどなかりしことを口々に言う

修学旅行の写真も加え再会の動画のＣＤたちまち届く

救急車

夕べ帰りて留守電に知る夫の事故救急車にて運ばれたるを

路上にて意識失い倒れし夫われ雛めぐりに外出せる日に

救急車にて運びし刻を留守電はしかと伝うる十一時四十分

消防署に搬送のさま問いゆけば簡潔なれど記録なまなまし

入院の夫と日毎に交わすメール添いて五十年未だなかりし

入院の夫に撮りゆく庭の花シャガ・フジ・ハナニラ常より美し

三たび命救いくれたる日本の医療信ずと夫揺るぎなし

中秋の名月

しみじみと中秋の名月仰ぎ見るかかる余生の母にはなかりし

早世の母よ弟よながらえてわが見る今宵の中秋の名月

商店街の月見コンサート冴えわたる満月を背にジャズに聴き入る

一夜にて終るはかなさ愛しめり待ち待ちし今日のカラスウリの花

はみ出して書かれてありし「夢」の文字思い遂げよとその背見守る

ジーパンの形よき尻ウインドウに四つ並びて秋を呼びおり

指きりの記憶は杳し霜焼けにくの字に曲がりしままなる小指

会津鉄道の一両を待つ無人駅黄葉のなかにカメラ構えて

明治が終わる

嫡出子と否との差別廃止せよと判決出でて明治が終る

弁明する都知事の耳より滴る汗テレビカメラのライトは照らす

ＬＥＤは省エネだからを口実に明るすぎぬか電飾の街

向き合いて座るうどん屋の仕切り板顔を合わせぬ微妙なる位置

これの世に会えざる人の若き文字去年の賀状を幾たびも見る

夫の死

真夜中にかかりし電話は電流となりて身を刺す夫の病変

右麻痺の口きけぬ夫が左手の指折りて見す幾度もいくども

聴力はいまだ確かに名を呼べば左手を強く握り返せり

手を取れば握り返せし昨夜なるに離れし束の間に逝きてしまえり

二時間後に絶ゆるいのちを一人にし帰りしを悔ゆ幾たびも悔ゆ

命終を覚悟せし夜の手帳の文字いたく乱れて遺言しるす

かたわらに一人《いちにん》ありし貴さを身に沁み思う失いてのち

葬送の曲にと夫の選びいしカノンを聴けり眠られぬ夜を

自らがつけし戒名渡されぬかく早き訣れ思わざる日に

あるじなき部屋のさみしさ物あまた遺れどしんと応えのあらず

夫逝きて間なきを気遣いはやばやと雪掻きをしてくれし人あり

遺影

住まう人逝きたる部屋のカレンダー雪景色のまま春の来たらず

仏壇の小さきにあまたの位牌あり一つ加わりわが荷の重し

待ちわびし花桃咲けど共に賞でし人の在らざる春を過ごせり

答えなき遺影に朝夕語りかく在りし日よりもやさしき口調に

帰りきて待つ人のなき暗がりに花の香りの強く顕ちくる

冷蔵庫に長く伸びいる葱の芯ひとり暮らしを沁みて思えり

亡き夫の三十五歳の若き声子のバースデーの録音テープに

虚しさの埋めがたき日を遺作展の絵を選びおり埃にまみれて

新盆

こんなにも見事に咲いた紫陽花を告ぐる人なき初めての夏

手作りの仕切りを入れし薬箱飲み残しのまま夫は逝きけり

仕事やめて履かず逝きたる夫の靴つややかに三足最上段に

新メニューの料理にあれど食べくるる人なきままに新盆迎う

生家との宗派異なる新盆のしつらえネットにさぐりてゆけり

遺作展

新潟の実家《さと》より甥が真っ先に駆けつけくれし夫の遺作展

温和なる人柄出づと評されて夫の遺作展日ごとにぎわう

休耕田　小林昇平

在りし日に聞かせたかった絵の批評帰りてまずは遺影に告ぐる

温かな佳き絵と評さるる夫の絵讃うることをせざりし我は

何ゆえに心冴えゆく午前二時夫の遺作展ことなく終えて

幾年も眺め暮らしし亡夫の絵個展終わりて手許離れつ

夫の絵のなくなりし壁しらじらと秋の陽かえし心埋まらぬ

わがために描きくれしただ一枚若き日の作バラの油彩画

挽歌のみに終わらんこの年歳晩を風邪に臥しおりつくづく淋し

声なき夜

亡き夫の最後の賀状コピーして送りくれたり力ある文字

寿ぎのあらぬ正月ひとりゆく夫と歩みし去年の散歩道

水たまりの氷を割りぬ久々の一人の散歩いまだ慣れざる

母すでに在らぬ姪らが一周忌に集いて言えり実家《さと》のごとしと

一周忌に集いし親族《うから》の帰りゆき芯から寒し声なき夜は

立春の満月さやか誕生日を祝いてくれし子と別れきて

風となりて

亡き夫と旅にもとめし豆雛をとりどり飾る喪の明けて春

風となりて寄り添いくるる夫ならんこの暗き墓に留まるはずなく

流したる涙憶えり夫の墓に寄り添う小さき水子の地蔵

何となく淋しき日曜亡き夫が声あげ笑いし「笑点」を観る

在りし日の夫には禁食のグレープフルーツ冷えしを味わう一人の卓に

聴くことの絶えてなかりき亡き夫の机に古びしハモニカ五本

零歳を預けし苦労しかと残る連絡帳を子は一瞥もせず

四十歳《しじゅう》過ぎし子の通知表出できたり反抗の時期ありあり残る

圧迫骨折

二本足に立つ難しさ思い知る背骨傷めて痛みのあれば

子が初めて立ちて見せたる得意顔今ならわかるこの難事業

コルセットに守らるる身のゆらゆらと屈みて捥ぎゆく茄子の紫

背骨傷め動きままならぬ日々なるに爪は伸びくる律儀と言わん

外出のままならぬ身のもどかしさ安保法案抗議のデモに

抗議の意志あれど外出かなわねば対米従属の戦後史読みつぐ

声に出して新聞読むを日課とせり籠りて会話なき日の続けば

夜の灯に入りきて朝は骸《むくろ》なりし蟬よ全き生を生きしや

アルバム処分

外出の叶わぬ日々を手つかずのアルバム処分す思い断ちつつ

アルバムの処分を決めて選びゆく戦なき世の家族の写真

アルバムに残る教師のわが顔の苦しきときのあらざるごとく

教師にて苦しむ夢をいまだ見る覚めてさみしき真夜の時報は

幸せな若き日ありしに安堵せり初めて眺むる亡夫のアルバム

三回忌

気遣いし三回忌来たり大輪の百合は墓前に開かんとする

繰り返し在りし日の夫の声を聴く七年前の旅の映像

部屋中に旅の記念を飾りいて逝きたる夫よ少年のごとし

庭隅より拡がり出でしフキノトウ春の恵みを幾たびも摘む

かくまでに蕗味噌うまし夫逝きて食欲なき日に救われし味

家の処分勧めるチラシまたも入りて一人住まいの心惑わす

安保法施行の日来つ悔しくもわれは抗議を示せぬままに

あとがき

短歌の師中野菊夫を喪ってもうすぐ十五年になります。「樹木」時代最後の作品をまとめ、ご霊前にささげた第三歌集『野の花』発刊からもすでに十四年が過ぎてしまいました。

そろそろ次の歌集をと考え始めた頃に、思いがけない夫の急逝に遭遇しました。二〇一四年一月、肺炎で入院中に脳梗塞も併発し、入院九日目のあっけない最期でした。夫は水彩画を趣味としていて、「遺作展」をやってほしいとの遺言メモがあったので、その準備と画集の出版に取り組むことで、喪失感に必死に耐えることができました。

三回忌を終えたころ、ようやく、いつまでも後ろを向いていては駄目だ、前を向いて歩き出さなくてはという気持ちになり、第四歌集をまとめることにいたしました。
夫を喪ったとき、今までいかに夫に支えられていたかを痛感しました。と同時に、もう一つ私の支えとなっているものは短歌だということも強く感じました。
この歌集は『声援』『駆けて来る子ら』『野の花』に次ぐ私の第四歌集にあたります。師中野菊夫逝去により、「樹木」は解散となり、その後に立ち上げた「丹青」誌上に掲載された作品を中心として、その他雑誌、新聞等に掲載されたものも含めました。
歌集の題名『凪となりて』は夫の死後に詠んだ作品
　凪となりて寄り添いくるる夫ならんこの暗き墓に留まるはずなく
よりつけました。
表紙の絵と「遺作展」のところに挿入した絵は、夫が生前描いたもののうち、特に気に入っていた作品です。夫に支えられ、共に暮らした五十年の歳月を思い、夫にもこの歌集に加わってもらいました。

歌集発刊に際して、現代短歌社の道具武志様、今泉洋子様には一方ならぬお世話になりました。心よりお礼申しあげます。

また「丹青」社友の皆様をはじめ多くの歌友の日ごろのお励ましに心から感謝申し上げます。

二〇一六年五月

小林登紀

著者略歴

小林登紀
1938年　新潟県村上市に生まれる
1962年　「樹木」入会　中野菊夫に師事
1983年　第一歌集『声援』出版
1992年　第二歌集『駆けて来る子ら』出版
2002年　「丹青」創刊、編集委員となる
2002年　第三歌集『野の花』出版

現代歌人協会会員
日本歌人クラブ会員
埼玉県歌人協会理事
「丹青」編集委員

歌集 風となりて

平成28年9月10日　発行

著　者　小　林　登　紀
〒344-0065　埼玉県春日部市谷原1-5-15
発行人　道　具　武　志
印　刷　㈱キャップス
発行所　**現代短歌社**

〒113-0033　東京都文京区本郷1-35-26
振替口座　00160-5-290969
電　話　03（5804）7100

定価2800円（本体2593円＋税）
ISBN978-4-86534-172-0 C0092 ¥2593E